KB083495

# 연기의 미학

시와소금 시인선 · 106

# 연기의 미학

김령숙 시집

시와 소금

## ▌김령숙 약력


- 강원도 강릉 출생.
- 2002년 《한겨레문학》 신인상으로 등단.
- 시집으로 『연(蓮)을 그리며』『연기의 미학』이 있음.
- 제25회 동포문학상 수상.
- 한중대학교 강사 역임.
- 강릉여성문학인회 회장, 강원여성문학인회 부회장 역임.
- 강원문인협회, 관동문학회, 강릉문인협회, 강원한국수필가협회, 강릉사랑문인회 회원으로 활동하고 있음.

- E-mail : rungkim24@hanmail.net

## | 시인의 말 |

물(川) 따라
걸었다, 오늘도
쭉 가면 내 어린 시절의
살굿빛 바다가 나온다

그 바다 빛에 젖으며
사랑이
익고, 세월이 익고,
시를 품고

뙤던 여름이 푹 무르익어
가면서
밤엔
귀뚜리 소리 들린다

2019년 晩夏
김령숙

| 차례 |

## 제2부 무궁화 꽃 피다

## 제3부 기쁨이어라

## 제4부 흐르는 물처럼



작품해설 | 허 림

# 제 1 부
# 스미다

# 민들레

양지바른 풀밭에서
굽은 등 더 굽어져
뭔가 열심히 캐고 있는 할머니

겨울을 털고
햇볕을 향하던 민들레
할머니 손안에서 온몸이 드러나고

연세를 묻자
"나는 나이도 잊어버려 모르는 바보라오
몸이 살아있으니 이리 사는 거지."
히죽 웃으시는데 앞니 없는
잇몸에 봄 햇살이 물려있다

살진 민들레
지금 살신공양 중

# 문門

불통이다

여러 층계를 지나, 발그레한 뺨으로 향했건만

굳은 얼굴로 눈 한 번 주지 않는다

든든한 다리로 버티며

무딘 무게로 짓누른다

스산한 바람이 몸속으로

가로지르며 구멍이 숭숭

침묵의 무게 더해지며

잔인한 햇살 속에 허기진 다리로 되돌아선다

# 스미다

그녀 뒤에 그녀가 있다는 걸,

그림자 뒤에 더 큰 그림자가 그 그림자를 덮고 있다는 걸,

골목길에서 소곤거린 소리가 다른 골목길로 걸어가는 걸,

신명 나게 떠드는 소리가 소리에 빠져 그림자까지 젖고 있다는 걸,

동그라미가 바람에 네모로 육각형으로 되기도 한다는 걸,

그녀 뒤에 그녀

먹이 화선지로 스며들면서

다양한 잔무늬가 파문으로

더 크게 스민다는 걸…

# 경포가시연습지

연에서는 인연의 향이 풍긴다

인연들이 스치며 소금기 밴 바람도 지나간다
흔들리는 연에 생각도 출렁이며
연밭 사이 테크길 같이 걷는 옆 사람 주름에
내 인연의 주름도 깊어만 가고

포개져 있는 연을 보며
시간을 밀고 당겨본다
관계 맺음, 그 그물망에 다가드는 갖가지들
왔다가 가고, 갔다가 다시 오고, 영원히 가고, 새로이 만나고

짙푸르러지는 초록 무리에 해당화 피었다 이울며
알싸하게 휘감는데
가시연꽃도 보라색으로 뾰족이 피어선
반세기 만에 만남도 다 인연이라고
그대에게 행운을~!

* 가시연꽃의 꽃말 '그대에게 행운을'

# 블타바강가에서

남의 마음 한 자락
물들이는 게 어디 쉬운 일이던가
시간이 흐르면서 습지 번지듯
스며들게 하는 것이 어디 그리 쉬운 일이던가

달빛에 젖고
빗물에 그리워하고
그림자에 밟히고

저무는 강가 카페에서
따슨 차를 마시며
목구멍으로 타고 내리는 이 따스함처럼
나 또한 누군가의 가슴을 이토록 적신 적 있었던가

블타바강* 저녁노을도
붉게 출렁이며 마음을 물들이는데…

* 블타바강 : 체코 프라하에 흐르는 강 이름.

# 사월

저 눈부신 연두의 반란

눈이
가슴이 먹먹

꽃바람에 빗장들 슬슬 풀려
여기저기 툭툭 터지는

빛 고운 아우성!

# 모란꽃 · 1

아버지가 바람 사이에 서 계신다

동백나무 옆에서 햇살을 모으시곤
그 햇살로 미소 지으신다
몇 그루 나무들이 무언극 하듯
주변에서 흔들거리며 봄을 내뿜고

탐스런 얼굴에선
자줏빛으로 화들짝
웃음이 피어나고 있다

감싸고 도는 겹겹의 사랑

이맘때가 되면
아버진 늘 나를 부르신다

# 모란꽃 · 2

올해도
어김없이
환한 얼굴로
아버진 부드러이 나를 바라보신다

바람의 속삭임 속에
참새의 재잘거림 속에
오가는 안부

두릅나무 새순은 하늘을 향하고
동백꽃은 제 낯을 뚝뚝 아래로 떨어뜨려
질펀하게 붉어진 자리에

자줏빛으로 무르익는 대화
벙긋한 미소 봄 하늘에 퍼지며

은은한 아버지 사랑도 봄빛에 더 짙어만 간다

## 그녀의 시집

여러 눈초리 속에서 두 권을 가슴에 안고는 한 여인의 눈망울이 눈에 밟혔지만 그냥 나왔다 그 밤, 여인의 긴 머리카락이 눈앞에 어리며 밤의 긴 대화 안에 서성거렸다 그 다음 날도 무슨 미련인지 서성거렸다 며칠 뒤 여인을 보러가 주저함 없이 그녀의 손을 꽉 잡고 집으로 왔다 일단 그녀의 얼굴부터 훑어보니 전보다 왜소한 듯 느껴지고 포도알 같던 눈망울이 머루알처럼 느껴졌다 그런 그녀가 왜 날 끌어당겼을까? 왜일까? 다시 나직한 숨소리 속으로 찬찬히 들어갔다 도시적인 고독한 방황이, 뭔가를 찾아 헤매는 듯한 모습에서 내 속의 방황을 볼 수 있었다 고갈되지 않는 에너지가 그녀 안에 잔잔히 흐르고 있음을, 그녀 속으로 더 깊이 들어갔다

# 목련

삼월 마지막 비가 창을 흐린다

앙상한 나뭇가지들 지나가고
마른 잎처럼 누워계신 어머니
병원 입구엔
흰색 담뿍 머금은 붓 모양
목련꽃이 은은히 피었는데,
어릴 적 한복 곱게 입으신 우리 어머니도
목련꽃 핀 듯 환하였건만
환자복 속에 동그마니 숨어들었다

차창 밖으로 지나가는 누런 사진들
옥천동 은행나무
중앙시장…
남대천이 같이 넘실거리며
엄마 음성, 골목길도 이야기 건넨다
목련꽃 피고 이울기를
강릉과 함께 흘러 흘러갔고

저기 동해의 흔들리는 불빛
가늘어진 다리에 발등만 소복해진 발,
헐거워진 체온이 뼛속으로 바람 되어

김해 요양병원에 어머니 두고
강릉 향하는 길
비 젖은 목련 잎이 처연히 떨어져 내리고 있다

# 나무에 기대다

공원 숲에 아름다운 길이 보였습니다
그 길로 끌리어 들어갔습니다
길섶엔 축축한 갈색 낙엽이 밟히었습니다

수령이 오래된 아름드리나무들이
가지를 늘어뜨리고,
싱그런 초록의 들판엔 살진 까치와 청설모들이
개들도 주인과 같이 산책하는 평화로운 정경늘
숲속은 조용하였습니다
날씨가 흐려서인지 더 그렇게 느껴졌습니다

아름드리나무에 기대어
그의 숨결에 나의 숨결을 보태어 보았습니다
안온했습니다
모든 걸 다 받아주는 넉넉함이
나를 꼬옥 품어주는 듯했습니다
나뭇잎들 속살거림
새들 지저귐 속에

소우주 안 자연의 일부가 되어버린 나

그의 몸을 껴안아 보려 했으나
겨우 삼 분의 일,
그런 그의 몸에 다시 기대어 숨을 깊이 들이마셔 봅니다

더 깊이
무아의 세계로
오랫동안

# 파리 목숨

능소화도 눈꺼풀 늘어뜨린
느른해진 오후

절집 풍경 소리
마음 속 그늘 잔잔히 다독여 주는데

쇠파리 한 마리가
정적을 깨며
반지레한 스님 머리 주변을 맴돈다

무한 시선 속

타~악!

# 괄호

꽃잎이 말라 책갈피에서 누렇게 되어 기억의 무늬 지워버리고, 바람이 들락거리며 빛이 창을 넘어와 부서져 내린다 가까이 다가드는 허공의 숨결에 겹쳐진 흔적이 파문되어 가운데서부터 가장자리로 물결친다 울울해지는 계절에 초록의 품 안에서 위로하고 위로받고 싶은 그리움, 발자국이 초록 우리에 떠돌다 마을 입새로 시간을 밀어 돌담 옆으로 돌무더기를 쌓고, 개울과도 속살거리며 무수한 발자국을 찍어놓는다 옥죄던 일상 잠시 벗어두고 한가로이 고요를 베고 며칠 긴 잠에 들고 싶다 후텁지근하다, 벗어나고프다

# 경포 벚꽃길 따라

절집 연등이 바람에
노란 개나리 위에서 흔들거린다
나뭇가지 사이
먼발치 고운 진달래 빛
이맘때가 되면
연분홍으로 환해지는 벚꽃 터널

겨우내 스신한
묵은 때를 벗어버리기라도 하듯

감로수 같은 미소로
가벼이 사람들을 부르면
길 위로 몰려나온 사람들은
눈과 눈들이 꽃물 들어

환한 꽃등으로 이어져
경포대 정자로 금란정, 홍장암으로
경포호 주변이

화사한 벚꽃에 취해

경포호숫가를 도는
나도 달달하게 물오르며 걷는다

# 5월 마지막 밤

검푸른 밤바다 빛
뺨에 싱그럽게 와 닿는 바람

시선을 사로잡던 붉은 장미도
생기가 한풀 꺾인 오월 마지막 날,
흐트러진 생각들로 밤잠도 설치게 했던
그 오월이 밤바다 해풍 속에서 가고 있다

미친 것은 나 아닌
다른 것이 미친 거라는
철학적 열변을 토하는 작가,
나이를 멀리 떠나보내고
캠퍼스 시절로 되돌아간 듯
밤바다는 그의 열변에
낮은 음계로 일렁거린다

처음 본 낯선 사람이
느리게 낯익어지며

오월 마지막 밤이 어둠을 타고 바다 빛 속으로

파도는 조용히 흔적을 지우고 지운다

# 내복 한 벌

산소마스크를 한 중환자실 어머니
세월과 함께했던
땀 묻고 눈물 묻고 허리 휜 것들
다 어딜 가고

병상 옆
메마른 침묵의 내복 한 벌

피붙이가
먹먹한 서러움으로 왔다가 간
휑한 허공에

달랑 남아 있는
내복 한 벌

# 제 2 부

# 무궁화 꽃 피다

# 매화차

그가 내 안으로 들어왔다

찬바람 속 뜨거운 눈물로 왔다

먼 길 돌아

자릿하게 애잔한 사랑처럼

아린 파문으로

적막을 끌어안고

## 새 빛

블타바강을 끼고
카를교를 지난다
달그락거리는 트램 소리가
더 경쾌하게 느껴지는 오늘

설레는 마음으로
돌계단을 한 계단씩 오르며
너를 그려본다

문을 여는 순간
밝은 햇덩이가
내 품 안으로,
세상의 빛이 쏟아져
환해짐을…

먼 이곳까지 이끈
귀한 보배

비셰흐라드* 언덕 위 종소리 울려 퍼지며

너의 태어남을 축복해주는구나

블타바강도

팔월 햇살에 은빛으로 빛나는구나

* '고지대 성'이란 뜻으로 체코 블타바 강변 언덕 위에 우뚝 솟아 있는 성벽.

# 혀

엎치락뒤치락 능란한 저울질로
깊숙한 곳에서 기어 나와선 널름거리며
슬쩍 뒤엎어버린다

두텁고 딱딱한 것이
얄팍하게 저며져 슬슬 녹아내리고

흐물거리며 비틀거리는 귀

굴리고, 내밀고, 내두르고, 차고, 놀리고
바람에 흩날리고,
이 골 저 골로 빠져버리기도 하고
어디로 굴러갔는지 보이지도 않고

벽이 없다가도 만들어지고
허물어버렸다간 다시 여러 개의 벽이
있다가도 없어지고, 없다가 다시 생기고…

흔들리는 벚나무가 불그레한 입술 색이다

잎들이 널름거리는 혀처럼 나부낀다

## 연기의 미학

일탈이다

체머리 흔들며 피어오르다 사라지는 너

아무 흔적도 꼬리마저도 남기지 않는 너

일순 눈앞의 것들을 연막 속에 가두었다 풀어주는 멋진 연출가

살만한 곳이다가 숨쉬기도 버거워질 때면 부러워지는 너의 연출 실력

정신없이 쏟아지는 무더기 말 · 말들에 속이 더부룩해지면 거추장스런 향연에서 너를 그린다

미련도 남기지 않고 떠나는 뒤태

능청스럽게 구렁이 담 넘어가듯 빠져버리고

파두*를 부르는 어느 여가수처럼 서글픈 애절함도 없이

* 포르투갈을 대표하는 서정적 분위기의 민속 음악

## 밟다, 두 나라를 동시에

갑자기 비대해진 몸뚱이
심줄을 타고 오르는 이 먹먹함은…

짙푸른 라베강 물줄기는
옆구리를 스치고
강줄기 따라 길게 이어진 길에
철 말뚝만 없다면
독일인지 체코인지 모를 이 길,

두 발이 한 나라씩 딛고는
이 땅에 얼룩진
지나간 숱한 붉은 상처를
묵묵히 지켜보았을 강 저편 기암괴석과
켜켜이 사연을 품고도
세월에 흘려보내는 라베강을 본다

노란 들꽃이 살랑거리는 길에서
자유로이 두 나라를 오가며 신나게 자전거 타며 즐기는 사람들

7월 햇살이

비대해진 몸 위로 따갑게 내리쏟는다

# 로까곶*

싫지 않았다, 세차게 때리는 거친 바람이

절벽 아래 검푸른 이 바다
치마폭에 담고
부서지는 파도도 쓸어 담아

짙은 안개 낀 날

치마폭을 활짝 펴
하얀 포말이 뜬 커피를 마시며
땅끝마을로

거기 짙푸른 대서양 찬바람에 머리 헹구고
망망대해에 마음 펴놓고

"여기에서 땅이 끝나고 바다가 시작된다."**는 출발점

나태와 포기로 주춤거리는 나에게

다시

다시금 마중물이 되리라

* 포루투갈 신트라에 있는 유라시아 대륙의 최서단 땅끝마을, Cabo da Roca.
** 로까곶 기념탑에 새겨진 포르투갈 시인 카몽이스의 시 구절 인용.

## 윤동주 시인의 언덕에 서서

인왕산 자락
큰 바위에 씌어진 '서시'
"차가운 얼음 아래 한 마리 잉어 같은 청년*"의
숨소리가 바람결에 느껴지는 언덕

어두운 시대, 잎새 이는 바람에도
괴로워했던
그의 선한 눈빛이
들국화 흔들림에도
가을 하늘빛에도 어려 온다

그가 고뇌 속에서 걸었을
이 길에

괴로웠던 사나이**의 뒷모습

글썽해지며
도려내고 싶은 아픈 상처

묵직이 누른다

* 시인 정지용이 〈윤동주 유고시집〉 서문에 쓴 글 인용.
** 윤동주 시, 「십자가」에서 인용.

## 등공대에 오르다

사십 년 만에 찾은 건봉사

불이문不二門에 들어서며
불이不二의 신심
옷깃을 여민다
무지개 모양 능파교 밑 흐르는 계곡물
예나 다름없이 흘러가건만
지나가 버린 세월 속의
나를 비추어보며
만감에 젖어 드는데
바로 이 순간을 살고 사랑하라는
석가여래 자비의 눈길에
흘러가는 흰 구름을 본다

대웅전을 지나 북쪽 능선
등공대 가는 길
'해탈의 길'
이 길을 걷는 동안만이라도

마음을 내려놓으며 가벼이 올라보자
산봉우리에 다다르니
금강산 능선들이 눈앞에 펼쳐진다
갈 수 없는 곳이기에
분단의 아픔이 능선처럼 겹겹이 밀려든다
만일 동안 아미타불을 염송하여 등공하였다는
상서로운 등공대

이 나라 산천
가피 입어 경계 없이,
살아감에도, 두 손 모아본다

# 무궁화 꽃 피다

— 남한산성 만해기념관에서

까치 지저귀며 손님들 맞이하고
기념관 뜰 무궁화도 싱그럽게 피어 반긴다

"바람도 없는 공중에 수직의 파문을 내며 고요히 떨어지는 오동잎은…"*
낭송하는 안내자의 결기 있는 목소리에
강직했던 만해의 뜨거운 애국심이
가슴 속에 밀려오며,
나라 잃은 백성의 서러움이
나라를 되찾고자 했던 항일의 역사가
기념관 여기저기 흔적에서 저릿하게 아려온다

민족의 지조를 지켰던 형형한 눈빛의 만해
조선총독부와는 마주 보기 싫다고 북향으로 지은
심우장에서 해방되기 1년 전 돌아가셔
그리 원하던 조국 광복의 날도 못 보고 가신 님

"아아, 님은 갔지마는 우리는 님을 보내지 아니하였습니다."**

일생을 불교와 조국 독립을 위해 몸을 바쳤던 만해 한용운

오늘, 우리들 가슴 속엔
무궁화 꽃이 붉게 피었습니다

* 한용운 시, 「알 수 없어요」에서 인용.
** 한용운 시, 「님의 침묵」에서 인용, '나'를 '우리'로 바꾸어 썼음.

# 처서處暑

한밤중 누가 저리 서럽게

울음을 길게 토해내는 걸까

길게 이어지는 풀벌레 울음같이

뒤척이며 잠 못 드는 밤에

후텁지근 독하게 달구던 열대야가

처서로 한풀 꺾인 밤

귀뚜라미 소리, 푸른 청량제

가을 보시布施

# 무거운 눈꺼풀

그녀는 검은 수렁 속에 깊숙이 빠져있는 듯하다 손을 잡는 것도 힘겨운지 약간의 온기만이 반긴다 귀 가까이서 그녀를 애타게 부르건만 눈꺼풀이 천근만근인 양 잠시 휑하니 떠진 눈 초점 없이 감긴다 아주 잠깐이나마 의식이 들어왔다 가는 것인지? 그마저도 힘겨운지? 단지 손가락이 마른 낙엽 흔들리듯 미동이 있을 뿐, 함박꽃 환히 핀 듯 둥그스럼한 얼굴에 큰 체구는 어딜 가고 깡마르고 작아진 그녀는 마음조차도 넘기질 못한다 목련꽃 지고 그 자리에 잎 피는데, 눈꺼풀 떠올릴 힘조차도 없는지 멀리서 온 자식 얼굴도 못 보고 감겨있는 눈, 요양병원 밖 부엉이 울음소리 구슬피 허공에 맴돈다

# 강릉 바다

바다로 갔다
무작정,

가고 싶으면 쉽게 갈 수 있는 거리에 있다는 게 늘 맘을 가벼이 한다. 오늘따라 바다도 영 기분이 안 좋은 가부다. 잔뜩 찌푸려 휘몰아치다 내팽개쳐버리며 울분을 마구 내게 내뱉으며 사납다. 머리카락 날리며 그에게로 다가가 그의 소리를 들어주며, 그의 울분에 내 속내도 넌지시 던져 보기도 하고. 상선약수上善若水라 누가 던져준 화두. 이 바다도 이리 몸을 뒤척이며 울컥거리는데 물 흐름처럼… 쉬운 듯 어렵다. 늙어 편한 고무줄 바지 입고 헐렁하게 살 수 있어 좋고 다시 젊어지고 싶지 않다는 어느 소설가처럼, 나도 다시 돌아가고 싶지 않다. 바다도 속을 좀 비웠는지 덜 울컥거린다. 울울했던 싱그러움도 서걱거림으로 서로 비비며 익어가는 계절.

빈 그물 들고 서 있는
주름 깊은 어부의 뒷모습에

마음을 끌고 집으로 향했다

# 대관령을 바라보며

용맹스런 짐승의 갈기인 양
위엄을 떨치고 있는 준령
갈기마다 태고의 신비를 지닌
눈 시린 고개

고개 굽이굽이 흘러간 시간들

지구촌 축제 2018 평창동계올림픽
빙상경기 개최 도시 강릉의 병풍으로
백두대간 기상 온 누리로 뻗어나간
아흔아홉 구비 대관령
평화 올림픽 · 문화 올림픽으로 세계인의 한바탕 잔치
벅찬 감동의 물결로 달아오른 강릉

오늘도 창 열어
밤새 내린 눈으로 더 드높아진 고개와
눈 맞추며
하루의 햇살을 널어놓는다

# 공수래공수거

빈손으로 와
빈손으로 갔건만

나오고 또 나오는 많은 짐들

오래 묵고
체취도 속속들이 배인
그의 곁을 같이 한
켜켜이 붙은 세월, 세월들

손안 가득 쥐고 가는 것도 없거늘
사람 살이 허망하고 덧없음을

살면서
비우고 또 비우고
내려놓아라

절절이 와 닿건만

미욱한 굴레에서 벗어나지 못하는
어리석음 · 탐욕 속에서도

'비우고 내려놓기'

마음을 빗질한다

# 제 3 부
# 기쁨이어라

## 찰나

담홍색 연꽃 봉오리가

순간!

꽃잎을 벌렸다

비밀 하나를 주웠다

은밀히

# 기쁨이어라

방긋 울음에 환해진 하루

나무에 물올라 연두 새순이 진초록으로 변하듯
하루하루 커가는 행복이

몸을 뒤집는다고
이젠 기어 다닌다고
윗니가 두 개 보인다고

그럴 때마다 기쁨은 배가 되고
향기는 더 짙푸러지고

그런 네가 이곳에 와서
그 작은 손이 내 손 위에 포개질 때
작은 우주가 사뿐히 내려앉음을

혼자 서더니 드디어 한 걸음 내딛는구나
모든 일이 이 한 걸음으로부터 시작되고 이루어지니

은혜로운 첫걸음

너의 한 동작마다 웃음꽃 피어나고
기쁨이어라, 축복이어라!

# 바다 · 1

**1**

황혼 녘의 바다, 제 몸을 뒤척이며 새김질하고 있다

북적거리던 여름 활기도 한 풀씩 꺾이며, 바람이 사람들 옷깃에 깃들고

바다도 열기를 지우고 있다

철썩 처얼썩~ 쏴~~~

**2**

밀려오는 파도 발을 간지럽힌다

낮은 음계의 밤바다

흰 거품 물고 서성거리다 밀려와

허기진 적막도 휩쓸어 넓은 가슴에 묻는다

깊은 바다로 파고드는 어둠

**3**

누런 살구가 둥둥 뜨고 자전거가 그 뒤를 따른다 끼룩거리는 갈매기도 동생도 나도 튜브 위에서 파도타기 한다

아버지 살구 먹으러 나오라고 손짓하신다

잘 익은 살구의 새큼달큼한 신맛이 입안에 고인다

4

백사장에 발을 묻었다, 시 한 수 건져오라는 과제

끊임없이 오가는 파도 따라 밀려왔다 빠져나갔다 하며, 쪽빛 바다에 철없이 출렁거리며 들뜨다

눈 안에 바다만 그득 담고 일어섰다

푸른 눈물 한 방울 백지 위에 떨어뜨리고

5

세월의 물살

그대 가슴에 풀면서

무상하게 흘러간다

어제의 흐름과

오늘의 흐름 같지 않거늘

사랑하자

# 바다 · 2

품속에 물감을 가득 담고
당신을 찾아왔어요, 오늘도

그 물감 당신 앞에서
시나브로 풀고 싶어서요

풀다가 나중에는
송두리째
쏟아버릴 수만 있다면

거품마저도
흔적 없이 스러진다면

가벼이
당신의 그윽한 눈빛을 담고 가겠습니다

# 사천페르마타*

방안 가득 바닷물이 흘러들어왔다

물을 끌어들이는 그의 손길이 부드럽다가는
가쁘게 오르내리며
깊은 곳으로 점점 미끄러져, 사천진 바닷물에 잠기자
물고기들이
올라와 통통 튀며,
갈매기들도 몰려와 건반을 튕기며 날아오른다

쇼팽의 「녹턴」**이 무르익어가며
하얗게 내뱉는 파도에
사천 페르마타가 잠겼다, 떴다를

잔잔히 감미롭게
물 흐르듯 부드러운 선율에

달빛도 서서히 익어가는 밤

*사천페르마타 : 강릉시 사천항에 있는 문화복합공간.
**야상곡夜想曲

# 멍 때리기

양철 지붕에 둔탁하게 때론 경쾌하게 떨어지던
빗소리 들으며
툇마루에 앉아 멍하니
먼 산 바라봤던 단발머리 시절

오늘은 사층집 창 너머
대관령 능선을 멍하니 바라본다

나비가 나인지
내가 나비인지 모르겠다는
장자의 꿈속인 양
한 마리 나비 되어

대관령에 걸린 구름에
가벼이 날개 펴고
정처 없는 운수납자인 양
떠가는 구름에 실려

그

렇

게,

멍

하

니, 멍~하~니~

## 난설헌

무채색 세상 속에 멍든 가슴
덧없고 아팠어라

옥죄던 많은 벽에 부딪쳐
수렁 같은 시간들
뜨거운 눈물로 밤을 지새우며
먹물로 시린 가슴
시로 적시며
그 모진 날들을 견뎠어라

솟구쳐 오르는 오열
천 갈래 만 갈래 찢겨지는 마음

보냈어라,
보냈어라 어린 남매를
서러움 북받쳐 오르고
온몸이 부스러졌어라

나 이제 이 파도를 딛고 걸어가리
높디높은 담 벗어나 훨훨

스물일곱 송이 아름다운 연꽃*이
붉게 흘러 흘러간다~~

* 허난설헌의 '몽유광상산시(夢遊廣桑山詩)에서 인용.

# 고요 속으로

한여름 무더위
뙤약볕에 한 줌 자연으로 돌아가신
울 어머니

고해苦海 속에 사시다
훌훌 다 털어버리고
빈손, 공空으로…

‘비워라, 내려놓아라’
넌지시 일러주시고 고요에 드시다

# 시를 읽다

물오른 오후

헐거운 등에도
물기 올라

정수리에 부었다
바싹 마른입이 축축해짐을
천천히

먼지 앉아 잊혀진 것들이
한 줄 한 줄
씻기며 가까이 옆으로 다가든다
자리를 조금씩 밀치며

너는?
나는,
기표 속의 기의들이
날카로운 눈빛에 베어진다

맑아진다

# 참새

내 어릴 적과
나이 들어 너를 봄이
어찌 이리 다를까

앙증스럽게 이쁜 새가
그땐 왜 예쁘게 안 보였을꼬

나이 듦은 보는 눈마서도 바꾸어 놓나 봐

오늘도 산책길 앞에서
알짱거리다 날아가는
너를 만나는 작은 행복이어라

# 생선가게 아지매

사철 푸르딩딩한 얼굴로
싱싱하고 물 좋은 생선을 가판장에 내놓는다

아들 아닌 딸로 태어났다는 것 때문에
늘 괄시와 천대를 받고 자라
많이 배우지도 못했다고

구순 바라보는 친정 엄니는
6 · 25 사변 때 피란 온 억척 함경도 할머니
늘 가게 들르시면 꼬깃꼬깃 젖은 돈 주머니에 찔러 주는 딸

어떤 때는 술 한잔했는지
불콰해진 얼굴에 생선 배를 가르며
내장을 다 털어버리듯 웃는다
거칠었던 밀물을 밀어내듯

푼푼한 아지매 인심에 발길 끌리는 생선 가게
바다를 품은 비린내는 덤이다

## 깨어있는 밤

자정을 넘긴 시각
오늘 나는
두 곳의 시간을 살고 있다
거긴 오후 시간
지금쯤 돌로 된 보도블록을
굽 없는 단화를 신고
블타바강이 흐르는 카를 다리를 지나 프라하성으로,
온천수의 도시 까를로비 바리로,
빈의 성 슈테판 대성당 옆 카페에서
에스프레소를 마시던 시간인데,
여긴 긴 밤을 향하고 있다
빨간 뾰족 지붕들
고딕과 르네상스와 바로크양식이 어우러진
아름다운 프라하 거리를
지금도 트램을 타고 돌아다니고 있는 듯
잠들지 못하고
구시가 광장 천문시계의
종소리가 울릴 시간,

후덥지근한 열대야에

몸을 뒤척이며 여기저기 돌아다니고 있다

# 성인봉을 오르며

원시림 숲길, 울릉국화와 섬백리향 곁을 지나
명이 냄새 맡으며

나리분지에서
성스러운 산 올라가는데
계단은 왜 이리 높을까

한 계단
한 계단 계속 올라

가쁜 숨 고르며
뒤를 돌아보니

숲속 산들바람이
삶이란 계단을 오르는 일이라고 부추긴다

계속 오르니
섬피나무 너도밤나무 섬고로쇠나무 등

울창한 숲 지나
희뿌연 속에 나타난 성인봉 정상

이 한 걸음걸음이 백록담 · 대청봉
성인봉도 오르니,

“한 걸음 한 걸음이야말로 맹렬한 폭풍우보다 훨씬 강하다.”*
산행에서도
사람살이에서도

* 조셉 M. 마셜 『그래도 계속 가라』에서 인용.

# 꽃비 휘날리던 날

어떻게 이어진 것인데
슬며시
놓아버리려고 했을까

몇 며칠 그를 그리며
여러 가지 물감으로 칠해보는
색칠 놀이 즐거움에 빠져
바람도
그리움도
아슴푸레한 뒤안길도 그려보며
호젓이 언덕을 오르내렸는데
몸을 뒤흔든 어지럼에 놀라
어눌해진 혀를 놀리는 것도
느릅나무 가시 같아
숨바꼭질 속으로 꼭꼭 들어가고 싶었는데

꽃비 휘날리던 날
꽃잎 떨어진 그 자리에

뾰족이 튀어나온 연둣빛의 유혹
촉촉하고 생생한 기가 흐르며
환하게 끌어당기는 빛에
다시
색칠 놀이에 흠뻑 젖고 싶어졌다

# 신과차神果茶를 마시며

따뜻한 물에
따스한 정이 녹는다
달리 나한과차羅漢果茶

키위같이 생긴 열매에서
어쩜 이리 그윽하고 오묘한 맛이…

입안 가득 느껴지는 이 고요

맑음!!

고운 갈색빛 차가 찻잔에 찰랑

이순의 달빛*이 차茶안 그윽하다

* 이충희 시인 시집 이름.

# 제 4 부
# 흐르는 물처럼

# 목련 꽃 피다

나비*야
왜 그리 살금살금 다가가니

탱탱하게 부풀은 볼에
네 발톱이 닿자

한 겹
한 겹씩
벗겨지는 봄의 소리

놀란 네 눈동자 속에 피어난 환한 미소들

* 나비 : 고양이를 부를 때 쓰는 말

# 낙산사 연등

얼마나 가슴 답답했으면
긴 의자에 앉아
몸이 양옆으로 흔들거리며
저리 주절거리고 있는 걸까
들어주는 이도 없는데

달빛에 쓰린 바닷바람만이 뺨을 스치는데

그래~ 그랬었구먼
그래
그래~~

주변을 비추고 있는 연등들이
사내의 말에
연신 끄덕끄덕

지그시 굽어보시는 해수관음보살님 미소

오색 연등들 어둠을 밝히며
갖가지 염원 품고
바람도 안고 간다

# 쓸쓸한, 오후 호숫가

잔잔한 호수같이 평온한 모습으로
곁을 떠나버린 그녀

왔다가 가는 사람살이라지만
그리 그렇게 훌쩍 고요히 가리라곤…
덧없음이 파문으로 일렁이는데
호수 면을 길게 그으며 지나가는 청둥오리들

어제는 가버렸고
오늘은 이어져 흘러가고
내일은 낼만이 알리라는 걸,
그녀는
그 내일도 여러 날로 지나가리란 걸
잿빛으로 아리게 했다

색 바래져 가는 그림들을
호수 면에 펼쳐놓으니
가여운 한 아낙이 맨발로 세월을 출렁이며

허리 굽어져 저녁놀 빛 속으로

한 조각 뜬구름 호수에 잠긴다

## 오월의 눈꽃

봄의 한복판에 핀 흰 눈꽃, 제 곡조를 벗어난 천둥벌거숭이 안목 앞바다에 떠오르던 새해 첫해가 차츰 하늘로 커갈 때, 마음도 따라갔건만 불쏘시개 하나 지피지 못한 헛헛함에 시린 오월의 눈꽃 한 잎 한 잎씩 떨어져 나가는 누런 이파리처럼 아무 의미 없이 한 장씩 넘어가는 월력 곁에서 점점 풀어져 사그라질 그리 그렇게 물살을 타고 흘러가는 변화 없는 허망함에 고개를 옆으로 저으며, 오월의 반란들을 본다 무채색에서 유채색으로 메마름에 물기 오르며, 서로 벽을 타고 올라 더 높이 넓게 손을 뻗치는 환해지는 화음들 웅크린 잡초 뽑아버리고 맘이 굴리는 대로 말고, 촉촉한 싱그러움이 부추기는 대로 곁으로 다가가 연초록빛에 손을 얹고, 눈꽃이 사그라진 자리에 더 윤기 나는 잎들을 본다

# 애인

머리만 쏘옥 내밀고 탕 속에 있는데
난데없이 시詩님이 머리로 오셨네
반가운 마음에 나가고 싶었으나
그도 그럴 수 없어
머릿속에 꼬옥 꼭 넣었다가 나가서 하리

월척 같은 시詩님, 어쩜 그런 기발한 시상詩想이 왔지?
이태리타월로 싹싹 밀고
상큼하게 나와선,
드라이기로 머리 말리고
거울 보는 이웃집 아줌마랑 인사 나누고
집으로 휑하니 왔네

잠자리에 들어 뒤척뒤척하는데
아! 그 시詩님, 이제야 생각나다니
그런데 그 월척 같았던 그 시 도대체 어떤 시였지?
아무리 생각하려 해도 캄캄한 밤처럼 감감
그때 무조건 뛰쳐나가야만 하는 건데

후회해도 소용없는 지나가 버린 옛 애인이여

# 첫눈

싸락눈이다

제재소 옆을 지나는데 나무 타는 냄새가 난다
문득 어린 시절 부엌 아궁이 앞에서
시린 손을 녹일 때
타닥타닥 소리 내며 타던 그 나무 냄새

첫눈 내리는 길 보며 동생과
“펄~펄 눈이 옵니다~~”를
부르며 들뜨던 그런 시절도 있었지
눈이 소복소복 쌓이더니
발밑에서 뽀드득 소리도 난다
날은 어둑해지며 다른 세상 속으로
걸어가는 듯하다

첫눈 오는 날의 사랑 추억도 없는 내가
눈 위에 내 발자국 찍으며
풋콩 같던 첫사랑을 떠올려본다

# 솔바람 다리

가까이 있으면서도 바라보기만 했던
남항진과 안목을 이어준
바닷바람에 솔향 묻어나 솔바람 다리

바다와 강, 대관령이 시원스레 안기고
넘실거리며 오는 강을
출렁이며 맞이하는 바다에
내 맘도 흘려보내면 멀어져 가는 추억이
파도타기 하며 스며드는 곳

노을이 스러져가는 강 위에
무리 지어 있는 청둥오리 떼,
대관령 능선이 차츰 희미해지자
주변 바다 물빛이 물들며 현란해지는 다리

어둑해지는 찬 강물 속에 아직도 서 있는
저 수부는 무얼 건져 올리고 있는 것인지

찬바람 속에서도 봄이 기웃댄다

# 그곳에서

내리치는 비에 떨어진 꽃잎
신발 위에 내려앉는다

떨어진 꽃잎처럼 처연히 향한 곳

벽을 마주하고
고요 속으로 든다

과거에 연연하지 말고
미래를 끌어안지 말라는
붓다의 법어,
어리석음의 불로 자신을
태우지 말라는 가르침

생각들을 내려놓으니
맑아지는 도량

# 붉은 사과

사랑인 줄 알았는데
한 알의 사과가

점점이 결합하여
사람과 사람이 모여
더 큰사랑으로

이브가 따먹은 사과
원초적 아픔이 사랑으로

사랑이 피어나 한 알의 사과로

붉은 유혹이
고통
후회
사랑으로

# 소백산에 물들다

푸르스름한 새벽 공기를 가르며
소백산에 들어서니
산새의 청아한 울음소리와
풀숲에선 하품이 뿜어져 나온다

자욱한 안개 낀 눅눅한 길을 뚫고
연화봉에 이르러 일출을 보려는데
구름 속에서 눈길만 살짝 주는 해,
뿌연 운무 뒤에 주춤거리는 봉우리들
연분홍 철쭉 꽃길에 들어서자
운무가 꼬리를 슬슬 빼며
능선들이 여기저기서 굼지럭굼지럭

최고봉인 비로봉에 서니
지금까지 넘은 여러 봉우리들이
눈 아래 도열하고
이 높은 산에 지팡이 비스듬히 짚고
연리목인 양 사랑을 품는다

철쭉꽃잎 가까이 향기 맡으며
주목 군락지를 지나
웅장한 백두대간 기氣 받으며
신라 마의태자가 울분의 눈물로 넘었을
국망봉을 지나,
늦은맥이재에서 가파른 내리막길로
울창한 숲속 계곡 세찬 물소리와 함께하며
새밭[乙田]에 당도하니,
10시간 만에 밟는 평지의 부드러움

산새의 청아한 울음소리 아직도 귓가에 지저귀는 듯,
걸음걸음에 취한 철쭉 꽃물을
가슴 깊숙이 밀어 넣는다

## 풀벌레 소리

가짓빛 밤공기를 가르며
울어대는 저 질긴 외침

빽빽하게 우거진 숲속에 있는 듯
작은 틈새의 빛도 들어와선 안 되듯이,

잡다한 생각들 다
뭉개버리고
오로지
풀숲에 쏟아지는
자기들 이야기만 귀 기울여달라는

무수한 소리들의
푸른 협박,
따가운 하모니

## 영월, 그곳으로

먼 길 달려
김삿갓 문학제 열리는 영월로

조선시대 천재시인 김삿갓을 생각하며,
비운의 단종 임금을 생각하며,
처녀 시절 가보았던 영월을 그리며

기암괴석과 울창한 숲이 어우러져
산 굽이굽이 돌아가던 강물 색이
가슴에 곱게 스며들어
세월이 강물처럼 흘러갔어도
지워지지 않던 청정한 진옥빛

그 진옥빛 고을로
짙푸른 출렁거림으로 길 따라~~

# 육갑산

하르르 날리던 벚꽃도 진,
숲 계곡으로 올라간다

파릇하게 돋아 윤기 나는 새잎을 단 나무와
아직도 겨울 끝자락에서 벗어나지 못한 산기슭을
케이블카로 올라가고 있다
가파른 산에 작은 굴들을
통과 의례 거치듯 올라가는데
동백나무 무리가 은근한 눈빛을 보낸다
점점 가파르게 올라갈수록
동백의 붉은 빛이 꼬리 친다
계곡에 물줄기 흘러내리며
깊고 높은 산 속 청정한 공기 바람
색다른 산세,

육갑산 전망대에 이르니
엄청난 지진의 재앙을 딛고 일어선
고베 시가지와 바다가 한눈에 들어온다

* 육갑산(六甲山, 롯코산) : 일본 효고현 고베에 있는 산

## 흐르는 물처럼

저 물같이

잔잔하게

흙탕물에 물들지 않는 연꽃같이

구름을 벗어난 달처럼

낮은 곳으로

물 흐르듯이 산다면,

여보, 우리 생生

물 흐르듯이 살고지고살고지고

# 세상과 관계맺음과 비밀 엿보기

## — 김령숙 시집, 『연기의 미학』

허 림

(시인)

# 세상과 관계맺음과 비밀 엿보기

## — 김령숙 시집, 『연기의 미학』

허 림
(시인)

### 1.

김령숙 시인의 두 번째 시집 「연기의 미학」은 기교나 꾸밈이 없다. 이 시집은 전체적으로 순수한 일상적인 삶이 그대로 자연스럽게 드러나 있다. 순수하다는 것은 그의 삶 자체를 대하는 태도를 엿보았다는 것이고, 자연스럽다는 것은 있는 그대로 모습을 솔직하게 드러내고 있는 점이다.

김령숙 시인의 시들은 순리대로 흘러가는 것에 대한 반항이나 저항이 느껴지지 않는다. 그의 시속에 등장하는 화자들의 갈등이나 자신의 내적갈등을 숨김없이 그대로 노출시킨다. 마치 꽃들처럼, 꾸밈없이, 자연스럽게 말이다. 민들레나 가시연꽃 모란꽃 목련 벚꽃 능소화 매화 연꽃 함박꽃 들국화 철쭉 명이 섬백리향 울릉국화 무궁화 등은 그의 시에 등장하는 꽃들이다. 이들은 자연 그대로 피어나는 꽃이다. 순리를 따르는 꽃의 생리를 그는 자신의 시의 공간으로 끌어당긴다. 시인은 그게 '인연' 이라고 말한다. '인연' 이란 다름 아닌 '관계 맺음' 이며 '왔다가 가고, 갔다가 다시 오고, 영원히 가고, 새로이 만나' 는 관계이다.

그가 내 안으로 들어왔다
찬바람 속 뜨거운 눈물로 왔다
먼 길 돌아
자릿하게 애잔한 사랑처럼
아린 파문으로
적막을 끌어안고

— 「매화차」 전문

'그'가 내 안으로 들어왔다. 먼 길을 돌아 찬바람 속 뜨거운 눈물로 왔다. '왔다'는 것은 자발적 의지의 마음이자 자연스런 마음의 열림이다. 자신을 내려놓지 않으면 올 수 없으며 있는 그대로 자신을 받아달라는 무언의 신호다. 시인은 그것을 받아들인다. '애잔한 사랑처럼/ 아린 파문으로/ 적막을 끌어안고' 온 '그'를 시인은 받아들인다. '그'라는 존재는 김령숙 시인에게선 객체이자 주체이며, 시에 대한 그리움이자 시인의 화두이다. 시인은 사랑처럼 '찰나'의 순간에 온 시에서 '담홍색 연꽃봉오리'가 '꽃잎을 벌'린 순간을 놓치지 않으며, 그 찰나의 순간에 '비밀'을 줍는다. 그 비밀은 뭘까. 김령숙 시인의 신작시집 「연기의 미학」에 깃들어 있는 시들을 읽으며 그 비밀에 대해 생각해본 것이다.

시를 통해 만나는 김령숙 시인은 강원도 동해안 바다가 가까운 곳에서 태어났고 지금도 그곳에서 살며 시를 쓰고 있다. 바닷가 마을의 삶과 그 속에 담긴 인생관이 묻어나는 시편들은 시인의 정서를 바탕으로 그의 시에 자연스럽게 정착했다. 그는 자신이 살아온 어린 시절의 바다를 만나고 그 속에 담긴 사랑과 세월과 시를 품는다.

**2.**

시는 경계를 짓지 않는다. 경계란 사물이 어떠한 기준에 의하여 나누어지는 한계를 말하지만 김령숙 시인의 시는 경계에 머무르지 않는다. 한마디로 시공을 초월한 자리에서 시를 즐기는 시인이다. 안과 밖. 너와 나, 현실과 이상의 벽에 얽매이지 않는 자유분방한 영혼의 울림을 시로 형상화하고 있다. 그는 순수 영혼의 소유자임과 동시에 '경계 너머' 의 또 다른 세계를 본다.

양지바른 풀밭에서
굽은 등 더 굽어져
뭔가 열심히 캐고 있는 할머니

겨울을 털고
햇볕을 향하던 민들레
할머니 손안에서 온몸이 드러나고

연세를 묻자
"나는 나이도 잊어버려 모르는 바보라오
몸이 살아있으니 이리 사는 거지."
히죽 웃으시는데 앞니 없는

잇몸에 봄 햇살이 물려있다

살진 민들레
지금 살신공양 중

―「민들레」 전문

봄은 만물이 새 삶을 시작하는 시점이다. 겨우내 잠행했던 시간들이 닫혔던 문을 열고 햇살의 기운으로 일어서는 생장의 점이다. 시인은 양지바른 풀밭에서 뭔가 캐고 있는 할머니를 만난다. 할머니는 겨울을 털고 햇볕을 향하던 민들레를 캐고 있다. 시인은 할머니의 연세가 궁금해지고 할머니는 '나이도 잊어버려 모르는 바보라' 고 대답한다. 말과 말 사이를 잇는 것은 '웃음' 이다. 그것은 지난한 삶을 견뎌온 삶의 한 방법이며, 자신을 위로하는 수단이었음을 알고 있다. 그 웃음은 있는 그대로 드러낸 '잇몸에 봄 햇살' 이 물려있다. 겨울을 견뎌낸 민들레나 '몸이 살아있으니 이리 사는' 할머니의 삶을 바라보는 시인의 눈은 봄 햇살처럼 따듯하다. 그러나 시인의 눈은 거기에 머무르지 않는다. 그의 눈은 민들레에 닿아있다. 민들레는 지금 '살신공양' 중이다.

일상의 삶에서 시를 찾아내는 사람이 시인이다. 스쳐 지나가는 일상이지만 시인의 눈은 일상 속에서 마주하는 것들에게 새로운 생명을 부여한다. '굳은 얼굴'(「문門」)이거나 '꽃바람에 빗장들 슬슬 풀려/ 여기저기 툭툭 터지는'(「사월」) 봄의 한 철이거나, '겹겹의 사랑'(「모란꽃 · 1」)을 주는 아버지의 사랑은 일상의 삶을 돌아보면 누구나 만날 수 있는 대상들이다. 때로는 슬그머니 빠져나와 일탈하기도 한다.

> 꽃잎이 말라 책갈피에서 누렇게 되어 기억의 무늬 지워버리고, 바람이 들락거리며 빛이 창을 넘어와 부서져 내린다 가까이 다가드는 허공의 숨결에 겹쳐진 흔적이 파문되어 가운데서부터 가장자리로 물결친다 울울해지는 계절에 초록의 품 안에서 위로하고 위로받고 싶은 그리움, 발자국이 초록 우리에 떠돌다 마을 입새로 시간을 밀어 돌담 옆으로 돌무더기를 쌓고, 개울과도 속살거리며 무수한 발자국을 찍어놓는다 옥죄던 일상 잠시 벗어두고 한가로이 고요를 베고 며칠 긴 잠에 들고 싶다 후텁지근하다, 벗어나고프다
>
> —「괄호」 전문

시인에게 일탈은 자유다. 자신의 삶에서 벗어나 자신을 놓아주고 싶은 욕망이다. 오래전에 시인은 꽃잎을 따 책갈피에 꽂았을 것이다. 꽃은 종자식물의 총아이다. 꽃이 핀다는 것은 번

식을 위한 수단이지만 생의 가장 아름다운 순간이며, 정점을 이룬다. 생의 정점의 꽃잎은 기억의 무늬를 간직하고 책갈피에 눕는다. '괄호' 는 화자를 옥죄는 이미지로 떠오르며 '책갈피' 와 '창' 은 자신을 옥죄는 대상이 되고 있다. 그 순간 꽃은 더 이상 꽃의 기억을 간직할 수 없다. 그것은 자신을 '괄호' 속에 묶어 놓는 일. '옥죄던 일상' 에서 벗어나고자 한다. 그 괄호 속의 화자를 이끌어내는 것은 '숨결' 과 '발자국' 이다. 화자는 숨결과 발자국을 찾아 '마을 입새로 시간을 밀어 돌담 옆으로 돌무더기를 쌓고, 개울과도 속살거리며 무수한 발자국을 찍어 놓' 았던 곳을 찾아가 '한가로이 고요를 베고 며칠 긴 잠' 에 들고 싶은 욕망을 꿈꾼다. 그 욕망은 자신을 옥죄던 '후텁지근' 한 괄호 안에서 일탈하는 것이며, 꿈에서나마 '벗어나고프다' 고 시인은 속내를 드러낸다.

시인은 괄호 안의 자신을 꺼내기 위하여 어딘가를 찾아간다. 그곳은 '묵은 때를 벗어버리기' (「경포 벚꽃길 따라」)라도 하려는 듯 찾아가는 곳이며, '흐트러진 생각들로 밤잠도 설치게' (「오월 마지막 밤」)했던 밤바다 해풍 속이기도 하며, '세상의 빛이 쏟아져' (「새 빛」) 환해지는 곳이기도 하다. 또한 연출가에 의해 의도된 '숨쉬기도 버거워질 때면 부러워지는' (「연기의 미학」) 곳에서 '미련도 남기지 않고 떠나는 뒤태/ 능청스럽게 구렁이 담 넘어가듯 빠져버리고/ 파두를 부르는 어느 여가

수처럼 서글픈 애절함도 없이'(「연기의 미학」) 빠져들고 싶은 곳이기도 하다. 그러나 시인이 일탈하여 찾아가는 곳은 별천지가 아니다. 시인의 이웃이며 일상의 쉼터이기도 한 곳이다. 쉼터는 자신의 몸과 마음을 돌아보게 한다. 자연의 소리를 들을 수 있고 나의 속내를 들춰낼 수 있는 곳이다.

방안 가득 바닷물이 흘러들어왔다

물을 끌어들이는 그의 손길이 부드럽다가는
가쁘게 오르내리며
깊은 곳으로 점점 미끄러져, 사천진 바닷물에 잠기자
물고기들이
올라와 통통 튀며,
갈매기들도 몰려와 건반을 튕기며 날아오른다

쇼팽의 「녹턴」이 무르익어가며
하얗게 내뱉는 파도에
사천 페르마타가 잠겼다, 떴다를

잔잔히 감미롭게
물 흐르듯 부드러운 선율에

달빛도 서서히 익어가는 밤

—「사천 페르마타」 전문

페르마타는 '쉼 · 늘임 · 정지' 라는 뜻이다. 음악용어로는 늘임표라고도 하며, 음표 또는 쉼표 위에 붙어서 음표나 쉼표의 실제 길이보다 길게 늘여서 연주하라는 뜻의 기호이다. 또한 강릉 사천바닷가의 카페이기도 한 페르마타는 시인의 카덴차이다. '방안 가득 바닷물이 흘러들어' 오기도 하며, '쇼팽의 「녹턴」이 무르익어가며/ 하얗게 내뱉는 파도에', '달빛도 서서히 익어가는' 밤이 있는 곳이다. 일탈한 시인이 일상으로 돌아와 잔잔하고 감미롭게 이완되어 쉴 수 있는 곳이다. 시인은 이곳에서 바다를 보며 시적 상상에 젖는다. 시인에게 일탈이란 시적 에너지를 충전하는 시간이다.

김령숙 시인의 시에 등장하는 일탈의 여정은 이곳과 저곳에 대한 비교가 아니다. 그에게 있어 일탈은 자기성찰의 시간이다. 그가 찾아다닌 여정의 대상은 '삶이란 계단을 오르는 일'(「성인봉을 오르며」)이며, '과거에 연연하지 말고/ 미래를 끌어안지 말라'(「그곳에서」)는 붓다의 법어이며, '나태와 포기로 주춤거리는 나에게/ 다시/ 다시금 마중물이 되'(「로까곶」)고자 하는 곳이다. 그러나 그곳에서 돌아오면 몸과 마음은 서로 방향을 잃고 '두 곳의 시간을 살' 아가는 자신을 보게 된다.

자정을 넘긴 시각
오늘 나는
두 곳의 시간을 살고 있다
거긴 오후 시간
지금쯤 돌로 된 보도블록을
굽 없는 단화를 신고
블타바강이 흐르는 카를 다리를 지나 프라하성으로,
온천수의 도시 까를로비 바리로,
빈의 성 슈테판 대성당 옆 카페에서
에스프레소를 마시던 시간인데,
여긴 긴 밤을 향하고 있다
빨간 뾰족 지붕들
고딕과 르네상스와 바로크양식이 어우러진
아름다운 프라하 거리를
지금도 트램을 타고 돌아다니고 있는 듯
잠들지 못하고
구시가 광장 천문시계의
종소리가 울릴 시간,
후덥지근한 열대야에

몸을 뒤척이며 여기저기 돌아다니고 있다

—「깨어있는 밤」 전문

여행은 자신의 정체성을 돌아보는 시간으로 일상에 머물러 있는 나의 정체성을 벗어던지고 낯선 공간과 시간을 통해 자신의 가치관과 정체성을 돌아보는 것이다. 여행은 자신을 떠나서 자신의 삶으로 돌아오는 것이라고 한다.

김령숙 시인은 자신에게 돌아오는 중이다. '깨어있는 밤' 은 삶을 떠난 여행에서 다시 삶으로 돌아오는데 걸리는 시행착오이자 시차 적응의 시간이다. '거긴 오후 시간' 이고, '여긴 긴 밤' 을 향하고 있다. '거기' 는 여행의 길이며 '여기' 는 후덥지근한 열대야를 견뎌내는 일상의 밤이다. 마음은 거기를 여행하고 있지만 몸은 뒤척이며 여기저기 돌아다니고 있다. 여행은 떠나는 것이지만 돌아오는 것도 여행이기에 '두 곳의 시간을 살고' 있는 것이다.

시인은 지나치는 순간마다 사물에 숨은 시의 씨앗을 건져 올린다. 그 씨앗은 가슴속에 간직하고 있다가 시의 언어로 태어난다. 시의 언어는 시인만이 다룰 수 있는 특수한 언어다. 그것은 새로운 세계를 바라보려는 언어이어야 한다. 시인의 여행은 세상을 건너는 노마드적 유전자이며 그의 몸속에 숨은 역마살은 그를 떠나라고 꼬드기고 있다. 시인은 떠나서 '습지 번지듯이/ 스며들게 하' 라고 한다. '스민다' 는 것은 능동적이며 깊이 빠져들어 절실하게 사무치는 것이다. 결국 시인이 가고자 하는 곳은 자연의 언어가 소통되는 길 찾기이다.

공원 숲에 아름다운 길이 보였습니다
그 길로 끌리어 들어갔습니다
길섶은 축축한 갈색 낙엽이 밟히었습니다

수령이 오래된 아름드리나무들이
가지를 늘어뜨리고,
싱그런 초록의 들판엔 살진 까치와 청설모들이
개들도 주인과 같이 산책하는 평화로운 정경들
숲속은 조용하였습니다
날씨가 흐려서인지 더 그렇게 느껴졌습니다

아름드리나무에 기대어
그의 숨결에 나의 숨결을 보태어 보았습니다
안온했습니다
모든 걸 다 받아주는 넉넉함이
나를 꼬옥 품어주는 듯했습니다

나뭇잎들 속살거림
새들 지저귐 속에
소우주 안 자연의 일부가 되어버린 나

그의 몸을 껴안아 보려 했으나
겨우 삼 분의 일 밖에,
그런 그의 몸에 다시 기대어 숨을 깊이 들이마셔 봅니다

더 깊이
무아의 세계로
오랫동안

—「나무에 기대다」 전문

시집 중 「나무에 기대다」는 시인이 가야할 방향성을 보여주고 있다. 공원의 숲은 오래된 아름드리나무들이 가지를 늘어뜨리고 산짐승과 날짐승이 찾아오고 산책하는 사람들이 오가는 아름답고 조용한 숲이다. 시인은 그 '길'에 끌리어 들어가고 걷다가 아름드리나무에 기대어 본다. 나무와 나의 경계가 사라지고 '모든 걸 다 받아주는 넉넉함'은 나를 '소우주 안 자연의 일부'임을 알게 되고 자연의 품에서 '더 깊이/ 무아의 세계로/ 오랫동안' 함께 하고자 한다. 나무의 말을 듣고 느끼고 나의

말을 전해주는 것은 참 아름다운 소통이다.

숲은 숲의 언어를 드러낸다. 사람의 눈으로 볼 수 있는 것은 제한적이지만 시인이 찾은 것은 '그의 몸에 다시 기대어 숨을 깊이 들이마' 시는 숨이며, 더 깊이 무아의 세계로 몰입한다. 제법무아의 세계는 경계가 사라진 세계이며 나도 없는 경지이다. 나무를 통해 나무와 소통하며 나와 나무와의 경계가 사라진다는 것은 이미 나무며 나라는 상이 아니라 자연으로써 존재하는 경지일 것이다. 시인은 그 세계의 언어를 찾고 있으며 그것은 시의 카덴차로 발화하고 있다.

시의 언어는 삶과 깊은 관련이 있다. 삶은 태어나서 지금 여기까지 이른 시간이다. 시간 속에는 남과 다른 자신만의 이야깃거리가 스며있다. 삶의 순간과 순간들은 이어지고 이는 곧 한 자아의 서사가 된다. 삶은 일상의 풍경을 담고 있지만 시는 삶 속에 담긴 또 다른 세계를 지향한다. 진실한 시는 삶이라는 현실을 다른 언어로 바꾸어 낸 새로운 세계다. 이 세계가 비밀이다. 비밀은 남에게 알리지 않고 숨기는 일이며, 남에게 알려서는 안 되는 일이다. 나 혼자만 알고자 하는 대상이며 아직 밝혀지지 않았거나 알려지지 않은 실상이나 속내이다. 시인에게 있어서 비밀은 사물을 통해 나만의 세계를 열어가는 과정이며, 시를 통해 새로운 세계를 알게 되는 소통의 길이다.

시를 통해 만나는 김령숙 시인은 강원도 동해안 바다가 가까운 곳에서 태어났고 지금도 그곳에서 살며 시를 쓰고 있다. 김령숙 시인이 찾는 시의 언어가 내적 감성의 발화를 통하여 새로운 세계를 보여주는 시 한 편을 읽으며 마무리하고자 한다. 나무를 통하여 무아의 경지를 보여 준 것처럼.

담홍색 연꽃 봉오리가

순간!

꽃잎을 벌렸다

비밀 하나를 주웠다

은밀히

—「찰나」 전문

시와소금 시인선 106

연기의 미학



초판 1쇄 인쇄 2019년 11월 10일
초판 1쇄 발행 2019년 11월 15일
지은이 김령숙
펴낸이 임세한
펴낸곳 시와소금
디자인 유재미 정지은

출판등록 2014년 1월 28일 제424호
발행처 강원 춘천시 충혼길20번길 4, 1층 (우24436)
편집실 서울시 중구 퇴계로50길 43-7 (우04618)
전화 (033)251-1195(팩스겸용), 휴대폰 010-5211-1195
전자주소 sisogum@hanmail.net
ISBN 979-11-6325-000-5 03810

값 10,000원



* 이 책의 국립중앙도서관 출판도서목록(CIP)은 서지정보유통지원시스템 홈페이지(http://seoji.nl.go.kr)와 국가자료공동목록시스템에서 이용하실 수 있습니다. (CIP제어번호 : CIP2019039630)

강원문화재단
Gangwon Art & Culture Foundation
* 이 시집은 강원도 강원문화재단 전문예술창작지원금으로 발간되었습니다.